개떡 같아도 찰떡처럼

개떡 같아도 찰떡처럼

글 이우근 ㅣ 발행인 김윤태 ㅣ 발행처 도서출판 선
등록번호 제15-201 ㅣ 등록일자 1995년 3월 27일 ㅣ 초판 1쇄 발행 2018년 4월 25일
주소 서울시 종로구 삼일대로 30길 21 종로오피스텔 1218호 ㅣ 전화 02-762-3335 ㅣ
전송 02-762-3371
값 10,000원
ISBN 978-89-6312-577-0 03810

개떡 같아도 찰떡처럼

이우근

산

시인의 말

우아한 고니를 그리고 싶었는데 그 비슷한 오리를
그리고 말았습니다.
호랑이를 그리고 싶었는데 줄무늬 똥개를 그리고
말았습니다.*

오리와 똥개라도,
사람들의 마을에서 살고 싶습니다.
개떡 같아도 찰떡처럼.

이우근

* (刻鵠類鶩 畵虎成狗, 후한서 마원전에서 글을 빌렸습니다.)

개떡 같아도 찰떡처럼

차례

장릉*에서

엄흥도는 생각했다
스스로의 불신검문이 가장 어렵고
가장 사소하나 가장 의로운 일은 들의 풀꽃처럼
지천에 늘려 있어, 선택하지 않으면 시간은 비켜가리라
하지만 그럴 수가 없어 짚신을 끌며 지게를 메고
자못 비장하지만 비루한 본성은 감출 수가 없었다
껍질을 벗고 나면 반상도 남루인 걸
주검에 꽃필 일이야 없겠지만 어린 생애는 그래도
빛을 잃지 않고 꿈길을 기웃거리다
내 곁으로 왔다
이것이 왜 나의 운명인가,
그의 어린 아내의 초조한 눈빛이 더욱 사무친다
아픈 것은 어찌 됐던 급한 대로 닦아주고 여며 주면
마음이야 편할 것이다
몸속의 피가 묽어지도록 비를 맞으며
개울을 건너는 것은, 취모금 위로 맨발로 걷는 듯
불의한 사람의 강을 건너는 마음
다시는 돌아오지 못할 길에 동행하는 심정은

낯설고 황망하다 그러나 일말의 동정이 아니라
물려받은 유산이 대책없이 착함이라
이만큼 살아온 것에 대한 보답으로 작은 역사를 세우
는 것도
별로 손해되는 일은 아니리라
어린 손의 한기는 그 생애만큼 차갑고
본성에 가까운 그리움에 지친 저 감은 눈은
이미 많은 것을 가리키고 있다
새벽이 오기 전에 저 어린 나랏님은 다른 세상의 문을
열리라
많은 이별에 지쳐 떠나는 길도 더디기만 할 것인즉
오히려 남은 사람의 슬픔의 몫이 더욱 비참하다
그것을 나는 아무도 몰래 가슴에다 묻는다,
나같은 아랫것에겐 변절도 사치, 애초에 그 뜻도 몰랐다
엄흥도는 그렇게 생각했다.

* 단종의 무덤

12

잡인금(雜人禁)

잡인금은 풀들의 언어였다
어느 절집 기둥에서 이 문구를 보고 깜짝 놀랐다
마른 풀들의 소리가 뜰마다 가득한 가을 오후
세월을 견디는 기둥의 둔탁함보다
해마다 자랐다 사라지는 풀들이 더 시대적이었다
풀은 기둥을 둘러서서 울타리를 치고 노려보고 있었다
시간의 결로 가다듬은 갈비뼈 같은 잎맥은
햇빛에 선연하게 투영되어 내세를 관통하듯 초연했다
잡인금은 풀들의 몸짓이었다
침묵보다는 저항이 더 낫다고, 아주 낮은 소통의 소음들
쪼개고 고르며 다스리고 있었다
그 오후의 햇살 속에서 나는 따듯한 사람이고 싶었다
순간이나마 그런 존재이고 싶었다
제발이 저릴 것도 없었다
누구나 자기 마음속의 외딴 곳이 있는데,
그곳을 개척하지 못하면

영원한 날품팔이 신세
밤은 깊고 마음을 덮힐 나의 집은 없었다
살을 바르고 뼈를 깎아도 도무지 이룰 것 없는
허망의 용맹정진, 풀들로부터의 소외,
그리하여 나는 더더욱 잡놈이 된다.

너무 아득한 선물

몸에 좋단다,
검정콩 흑미 검은 깨
다 빠사가지고 몇 봉지 만들었다
머리 빠지는 것에도 효과가 있다더라
아침마다 문안인사하듯 이 미숫가루 챙겨 묵아라
해줄 게 이밖에 없다
동네 늙은이들 심심풀이 무농약으로 가꾼 것
눈 여겨 보고 챙겼으니
두루두루 단디 챙겨 묵으면
쪼매 도움이 안 되겠나
술 적게 묵고
돈 벌 요량을 생각해라
세상이 만만찮아도
성실하면 누가 이기겠노
참, 서울 멀다, 꿈길에도 못 갔다
그냥 연속극 나부랭이나 보고 곱씹으며
찬밥 한 숟갈 뜬다
그렇게 하염없이 세월을 소비하고 있다

이렇게 저렇게 살 수도 있지만
사람의 길이 중요함은 이미 지켜보고 있다
하여 문 밖이 저승이라
함부로 아무 말도 못 한다
타향살이 풍진에 부대낄 니 생각
아프고 아프다
그래도 사는 게 행복타,
서럽고 고맙다.

연금술사

선택의 여지없이 주어지는
맛있는 반찬이 아니어도
향기로운 과일 디저트가 없어도
어린 딸, 가난한 아버지의 딸
뚝딱
밥그릇 비우는 것도
참 감사하고 고마운 일이지만
말뚝처럼 튼튼하고
황금빛 찬란한 똥 한줄기
미끈하게 뽑아내는 너는
진정한 연금술사다.

옥산서원* 독락당

스스로 견딜 힘이 없었다
내재적(內在的)이기 전에 표출(表出)의 벼슬살이
그 귀속(歸屬)이 일찍부터 좋지 않았지만,
가문의 영화를 거부할 수 없었다
주인공의 삶이 존재하지 않았다
다음 임금의 스승이면 무엇인가
홀어머니 한 분, 내 몸뚱이 제대로 건사하지 못했다
어머님은 마다하시지만, 나라의 동량(棟梁), 그 일부분,
그런 명분이 변명이 아니었을까, 근본적인 생각이 든다
곰방대의 하얀 연기 같은 것,
그렇게 삶은 축약적인 것, 해석은 후대의 몫,
그래서 오늘의 목숨, 호흡이 불편하고 부당하지만
껴안고 가야 한다
시간은 기다려 주지 않을 것이다
패륜이 법통의 이름으로 치세의 방편인 것도 익히 보
았다
이만하면 기특하다
훗날 퇴계와 고봉이 서로 편지한 것을 보면

징검다리 하나는 놓은 셈이다,

허나 시대를 계산하는 예측은 적중하지 않음이 분명
하다

돌아보면, 위만 바라보았다, 애민(愛民)하지 못했다

명분과 변명의 울타리 안에서 오히려 불충불효했다.

예(禮)와 리(理)에 안착하면서도 노비의 힘을 빌었다

기득권이라면 나는 절대 자유롭지가 않다

자위로서의 독락(獨樂)인가, 날마다 고개를 흔든다

서원을 나와 집으로 간다

젊은 선비들의 글 읽는 소리 물소리보다 청명하지만

글만 읽지 말아라, 세상을 읽어라 재촉하는 듯

늙은 하인의 빗자루 소리가 발목을 잡는다

그렇다, 더 일찍 옥산으로 왔어야 했고

옥산에서 더 멀어져야 했다

돌아보면 직언(直言) 한 마디 하지 못했다

교훈만 말하는 죽은 입**이지 않았던가

양명(揚名)이 끝이 아닌 것을,

애초에 입신(立身)조차 제대로 이루지 못했다

19

슬프다, 소나무보다 못한 사림(士林)으로
어찌 민심을 구축할 수 있는가
나날이 근신하여 후학의 길이라도 열어야 한다
독락이 명분으로 치우쳐서는 절대 안 된다
내일부터는 빗자루라도 쓸고
인분(人糞) 켜켜 쌓여 녹아진 채소밭 둘러보리라
아내를 소중하게 안는다, 순서가 이것이리라.

* 경북 경주 안강에 위치한 서원
** 파블로 네루다의 시 '검은 섬의 회상록'의 한 구절.

영천대말좆

진하게 농축된 하나의 상징,
본질에의 접근이라고 해야 할까,
그렇게 큰 말[言]을 나는 들은 적이 없다
영천대말좆,
손오공이 넘지 못한 부처님 손가락만 하다고
나의 세계관은 직시하고 있다
그것은 사람의 기개를,
사람에게서는 보지 못할 사랑을 우리는 기대하는 것
십구 문 짜리 왕자표 검정고무신*에 비할 것인가
늙은 마부의 선한 시선
툭 튀어나올 듯 맑은 말의 눈
튼튼하여 생업(生業)을 같이 나누자, 씨말이 아니어도
좋다
먼 길을 가자,
그들이 나누는 대화에는 마침표가 없다
사뭇 진지하고 경건하여
투닥투닥 어떠한 쌍소리도 욕으로 듣는 사람이 없다
곧 떠나야 할 먼 길

짭짤한 돔배기 반 접시에 바다의 소리를 상기하며
내륙의 안개와 풀잎냄새 나는 국밥에 코를 박고
영천 말시장에서 듣는 즉설법문에
영천대말좆은 빠지지 않는다
크기를 상상한다면 그대는 마군(魔軍)의 경계에,
넉넉함을 떠올린다면 최소한 면피는 하리라
배꼽과 이웃을 이룬 마음의 단단한 중심,
삶의 외경까지는 아니더라도
가장 외로운 인간들이 꿈꾸는
가장 따스한 세상을 상징하는 하나의 단어로
나는 단연코 영천대말좆을 지지한다
되[枾]도 좋고 말[斗]도 좋은 사람의 장터는 더욱 지지
한다.

* 김주영 선생의 소설 '도둑견습'에 나오는 표현이다.

들꽃

풀숲이나 기타 경계 모호한 곳에 꽁초처럼 툭, 던져졌
지만
한때 뜨거운 꿈도 있었지
절대 바람을 탓하진 않지, 비겁하니까
그러나 땅의 거름도 못 되고
바람의 생채기만 되어
우리, 만만한 얼굴들 하나쯤 제거되어도 표시나지 않지
서로 기대고 뭉개며 존재의 의미를 주무르며
사소한 책임전가로 옹알대는 즐거운 들판
그것이 우리의 생업(生業)이지
어둠이 별의 배후라면 땅은 우리의 막후실력자,
그래, 우리는 부드러운 폭력, 별의 배설물
의미 없는 항거의 나날들, 변두리의 공화국들,
독립이 아니라 폐기되는 소외일지도 몰라,
그래서 찬밥 신세, 하여 꿈의 실크로드를 무단으로 점
령하여
자빠지고 넘어지며 무성한 생식으로
대책없이 지평 넓혀가며 일말의 존재감 과시,

나는 없어도 우리라는 평화, 그 무모한 위안,
그렇지만 한없이 울타리가 그리운 나날들.

스무 살을 위하여

새벽별은 나의 각성제
솜사탕의 추억을 운동화로 짓밟다
오줌을 누면서 강물을 꿈꾸었던 그때
그런 따스한 연대(連帶)를 그리워했던 나날
무모한 풀잎이면서도 강철을 모방했던 순간
느슨한 시대의 릴레이에 저항하려 분기탱천
그러나 현실이 불량품이었다는 사실에 조금 긴장했다
라면 국물에 밥 말아먹고 느낀 쓸쓸한 평화
그리움을 사랑으로 확대재생산할 내적 에너지의 필요
성 절감
한대수 이연실은 희망과 절망의 대표주자로 교체기용
하고
절차탁마 대기만성의 화두 김밥으로 말았다
사는 건 종신서원의 가을 오후
다비식 끝난 뒤의 하산 같은 것
그렇게 변방에서 끄적거림으로 점철된 철없는 습작
(習作)의 나날
기념으로 볼프강 볼헤르트의 초상

이마에 걸어두고
미리 쓴 묘비명
아무도 눈여겨보지 않을 그렇고 그런 사소한 것들
가방에 구겨 넣고
나는 가네
저 고소한 구린내 나는 사람들의 마을로.

강(江)

이 나라의 가장 작은 사내인 이등병으로

백 킬로 행군하면서

야산 모퉁이에 쪼그리고 앉아

똥 누며 바라보았던 강물

비까지 내려버리면

나는 조그맣고 외로운

벌레

그렇게 묻혀진 스무 살

또 그렇게 이어온

나의 강물

돌아서서

꽃잎 같았다고 위로하고 싶지만

모두들 이구동성으로

어림없다고 한다

그래서 괜찮다

잔인하게 나를 짓밟았던 추억은

세상을 살아가는 짭짤한 밑반찬, 주머니에 가득하고

갈대에 찢긴 상처 따위로는 강물의 마지막 배경이 되
지 못 한다고
다짐했던 시간
별사탕이 각성제가 아님을 이미 알고 있었다는 것이
나름대로 기특했지만
달빛에 부서지는 잔물결의 박수소리에 안주하지는 않고
다만 바람에 응수한 나의 저항은
부질없기도 하지만 또한 어디에도 기록되지 않으리
그래서 맑은, 나름대로 쓸쓸한,
결코 증발하지 않을 나의 강물.

구름의 詩

외람되지만, 허공을 날아다녀도 늘 무릎이 아픈 것은
태생의 한계, 식민지의 하늘이었던 업보일까요?
뿌리도 없이 성실한 진화를 꿈꾸는
팽창지향의 돌연변이인 우리, 비록 주소불명이라도
그러나 모나지 않게 산다는 것의 비애는 아무도 몰라요
상습적인 빈혈쯤은 가벼운 증상이지요
애써 외면하며 보낸 세월의 그림자를 나는 알고 있어요
바람의 시선을 벗어나기 위한
나의 필생의 직업은
먼 들판에서 좌절한 꿈의 부스러기로 추락하죠
나는 중심의 의미를 늘 외면했거든요
풍향계의 추적을 즐기는 나의 시선은
그래서 이중적이죠
얼마나 다행스런 일인지 몰라요
온 곳이 없으니 갈 곳도 없이 사라질 수 있다는 것

나의 행로는
누군가의 길을 답습하는 반복의 과정일지도 몰라요

그 지루한 부활이 천형(天刑)이라면
나의 상투적 운명은 축복이자 한계이지만
무엇인가 늘 부족한 마음
몸은 늘 부풀어 고질적인 소화불량에는
어떤 발칙한 음모가 자라고 있는지도 몰라요

희망? 비로 내리면
당신의 뒷마당에서 잠시 뭉갤 수 있다는 것,
그렇게 슬슬 당신을 협박하는 자세로
당분간 버티는 거죠.

멸치국수

양파와 대파의 블루스를 보네
웨이브가 농염하네
장작의 부추김이 은근하네
짓이겨 뭉개져도 이마에 남는 마늘 향기
희생과 흔적은 이런 것이라 일러 주네
팔팔 끓는 뙤약볕 밀밭의 추억
아버지의 똥지게
어머니의 잔소리
그 익숙한 굴욕, 고소한 고통
일괄적으로 녹아들고 있네
너무 정직하게 참 참한 햇살과
결 고운 바람 차분한 뒤뜰의 풍경마저 담겨 있네
은근하게 몸을 푸는 멸치의 관능적 스트레칭
그렇게 바다의 뒤통수가 보이네
결국엔 슬쩍 인공조미료가 첨가 되어야
일정 정도 수준의 맛이 나는 법
사람과의 관계도 그런 것이지
손때 묻은 청명한 바다

은빛 멸치 비늘 둥둥 따스한 국물
미나리 데치고 호박 볶아서
실고추 얹으면
입술을 휘감는 요염한 곡선의 현란한 잔치
조선간장 깊게 스민 노란 국물을 마저 뚝딱 마시면
오후로의 힘찬 정진을 위한
전열정비 끝
참 행복해라
마치 첫 입맞춤의 그 비릿함의 멸치국수.

정선가는 길

    정선이라는 강호(江湖)에서 나의 무협적 필살기는 게
으름이었다
    그 게으름에 조금 바빴다
    손가락 까닥 않고 증오를 종식시킬 수 있는
    자유자재의 능력배양의 끝없는 수업
    침묵이 주식, 호흡은 간식, 배설에는 냄새가 없었다

    정선의 밤은 맑고 투명했다
    이마를 쪼갤 듯 노려보는 별빛과
    문득 지나가며 찐빵보다 큰 불빛을 발사하는 반딧불
이는
    씹어도 먹어도 바닥을 드러내지 않는
    화수분의 영양식이었다
    배가 고픈 게 좋았다
    정선의 강물은
    껌 좀 씹었던 아이처럼 톡, 톡,
    그렇지만 결코 성급하게 나아가는 법이 없었다

읍사무소 앞뜰 감꽃이 시간을 인식하고 스스로 떨어
지듯
언젠가 떠나리라 기다릴 줄 안다

정선에서는 막 헤프고 싶었다
공기를 마시는, 흐르는 물에 발 담그는,
새털구름과 바람을 희롱하는,
사람을 그리워하는 죄를 지은 세금을 무책임하게 납
부하고 싶었다
정선에는 맑고 깊은 것이 가져다주는 시간의 선물이
많았다
나만 그것을 몰랐다

그래서 정선에는 기다리는 사람이 많다
내가 기다리는 마지막 버스는 오지 않는다.

정선가는 길 2

정선에서 살려고
전입신고 하러
읍사무소 들렀더니
감나무 잎들이 떨떠름하게
몸을 비튼다
그래서 그런지 동강의 강물 소리도
동강동강 토막이 나는 듯 했다
배타적이진 않았음에도 불구하고
불필요한 소비자가 왔다고,
멸시의 시선
순수했으나 호기로웠던 자발적 세금납부자의
그 일인칭의 헌신은
헌 신짝처럼 뒹군다

몰랐다,
더불어 배추 옥수수 경작을 못하고
잡풀 하나 제거하지 못하는
마음으로는

정선으로부터 나는
영원히 소외의 존재이고
존재하지도 않았다는 것을,

그 먼 마을.

바지랑대

봉급 얼매고?
묵고 살겠나?
돌아가시기 전
장인어른 말씀,
바지랑대처럼
아직도 우리를 떠받치고 있다
그 병원 밖 하늘이 너무 청명해서
조금, 많이, 불현듯,
아프다, 둔중(鈍重)하게
그러나 아프지 말아야 한다
그것이 목표다
삶의 최소공약수다
가훈(家訓)과 교훈(敎訓)에 충실했던 삶
바른 생활 사나이 경상도 촌사람
그 죽음 앞에서
나의 참 맹랑하고 어설펐던 나날들
부끄럽고 쑥스러웠다
산다는 것은 안과 밖이 없다

오로지 존재하는 것이다
빈 마당을 지키는 바지랑대처럼
다소 꼿꼿하게
견디는 것,
누군가를 떠받치며
우리는 빨래줄처럼 약간은 휘었지만
대체적으로 수평적이게.

천일염

저렇게 낡어온 소금은
양념된 소금과 달리
쉽게 융화하지 않는다
풍장(風葬)의 거부, 혹은 박제된 소멸
그러한 나름의 자존심
배춧잎이나 혓바닥에 함락되더라도
끝까지 까칠하게
본질에 대해, 근원에 대한
절제된 사각형의, 원형질의 추억을
깨질 만큼 단단하게 내포하며,
외연은 투명하게,
혹은
각설탕 이상의 단맛을 지니고 있으며
햇빛과 바람,
고무장화 속 발바닥의 감촉을
인지하는,
심지가 굵기 때문에
허망해도 강행(强行)을 하며

수평(水平)의 지평(地坪)을 위한

윤슬에 눈길 흘리지 않는 하나의 지표가 되어,
내면을 향한 테러,
미각만이 아닌 자각의.

진전리* 구판장

경주에서도
포항에서도
어정쩡한 곳에

잔뿌리 내린 세월 이마 위의 잔설
소모되어 낡았어도
그래도 정갈한 시간이 진열되어 있네
별 아니면 올려다 볼 일 없는
냇물 아니면 내려다 손 내밀 일 없는
라면 끓이듯 간편한 삶
못마땅함이 보글보글 끓는 냄비와 같은 일상

솜을 씹듯 두부 한 점 우물거리면
그래도 달래양념장 향긋함이
콧등을 짚는다
코팅 된 과자봉지처럼 빛나던 시절은 언제였는가
달콤함에 저당 잡혔든,
그렇게 부풀어만 있었던,

기실 편방(偏旁)이거나 부수적(附隨的)이었던,
하산의 의미를 총총 재촉하며 바라보는
저 널려있는 시간과 사건들이여

문득, 처연하게 찬란한
아직 남아 있는 길의 보푸라기
반짝 빛나다가 사라지는 것들의 야무진 허술함

처마에 걸린 명태코다리가
바람, 바다, 산의 울음에 건조되면서
시간을 관통한다,
상처는 스스로 여며야 한다.

* 진전리 : 경주와 포항 사이에 있는 작은 마을.마을

하산(下山)

밤은 깊고
술집은 없다

스스로 술집이 되어 나에게 술을 판다
내 나름 최고의 용맹정진

한줌 별빛을 탁발하여 장만한 안주는
내내 썩지 않으리라.

죽도시장 대성막걸리 오후 세 시

부엌에 덧댄 쪽마루라도
임금님의 침상이지
그렇게 잠든 어머님의 주름살에
파르르 떨리는 형광등 불빛이 잔설(殘雪)로 내리면
단골이라는 이름으로 등쳐먹은 세월이
벽마다 가득하다

살며시 냉장고에서 막걸리 한 사발 퍼서
탁자 위에 내려놓으면
장아찌 몇 점과 멸치 몇 마리 경계의 벼린 눈빛
스파링 상대처럼 긴장하면서 도열하여
이내 종종걸음으로 입으로 집합할 운명
인생은 싸우는 거야, 상대도 없는

자유로운 술집
주인이 있어도 없어도 시스템 작동에는
아무런 문제가 없고
계산은 알아서 바가지에 넣을 것

마신 잔은 조용히 한쪽으로 밀어놓을 것
공화국은 이런 것이라고
민주의 기본은 이런 거라고
생기발랄한 무정부주의자들의 소굴
대성막걸리 팔순 어머니의 내공은 이렇게 정리된다
이놈들아, 곧이곧대로 해라
돈도 필요 없다, 스스로 창피하지 않으면 된다
죽어서도 두 눈 시퍼렇게 뜨고 지켜 보겠다
그 쫑알거림의 사자후,
그 그물에서 벗어난 사람은 아무도 없다.

똥개

나는 존재의 밖이다
태생의 한계를 직감하고
능동적으로 가장 낮은 곳을 안다
나는 똥개
나의 유전자의 본질
대문 앞의 경계의 삶
차가운 공기
먼 산 그림자와 새벽의 안개는 나의 이웃
그 무엇이 나의 적(敵)인가 아직 몰라서
조그만 인기척에도
나는 짖는다,
다만 짖지 않으려 한다
침묵은 스스로 자처해야 온전히 얻을 수 있다

빈 밥그릇에 비가 내린다
그리하여 주인공 없는 삶.

오줌 누는 법

나는 따뜻하다
그렇게 믿으며
멀리 들판을 본다
절대 힘주지 않는다
내 안의 독소를 제거하면서까지
힘을 쓴다면
그 무슨 헛심을 두 번 쓰는 일인가
천천히 가자
밀어내지 말고
다만 흘러가게 하라
나의 작고 따스한 강물.

나무 1

저 불타는 묵언(默言)
뿌리 깊은 정진
지상과 하늘의 순간이동의 기능성
혹은 가능성
멀리 보는 마음
시들지 않는 무욕(無欲)
바람의 악기, 그 농현(弄絃)
하늘에 맞댄 그 높이를
사람으로선 결코 감당하지 못한다.

나무 2

우리는 각자도생(各自圖生)의 존재들
간난(艱難)과 신고(辛苦)는 기본적인 자양분이지
꽃그림 환할 날이 과연 있을 것인가
새순의 추억은 하늘을 나는 양탄자였지
손을 뻗어도 닿지 않는 너의 온기
그림자를 따라 추구해온 동심원의 우주(宇宙)
다소 좁긴 하지만 파장은 길고 넓지
그렇게 불평불만을 밑천 삼아 한소끔 끓여낸 착한 미소
바람이 위로하고 비와 눈과 안개 등등 착한 이웃들
나뭇잎의 푸른 맥(脈)들이 별들에게 보낸 미미한 신호
답신(答信)은 없어도 가지를 키워내는 동기가 되는
그렇게 성장일변도의 무모한 계획주의자
하지만 하늘엔 다다르지 못하지만
꿈꿀 권리가 없는 건 아니지
다만 멀대처럼 휘청거려도
물의 흐름은 정확하게 감지하고 있지
가장 낮고 깊지 않으면 하늘은 의미가 없지
그리하여 우리는 숲을 이룬다.

어머니께

곰곰 생각해 보니
삶이란 것은
일정 부분 위탁받은 것,
나 혼자 훼손하지 못할 정신의 원탁
집 앞의 나무와 뒤뜰의 우물 같은 것이었습니다
당대의 나의 삶은
자식으로의 전이(轉移)와 투사(投射)를 위한
대리(代理)라는 것,
그것의 지속적인 연결이란 생각이 들었습니다
당신은
나의 자유에의 의지와 공동체의 인격완성을 위한
소박한 배경, 담백한 지도자였지요
속절없는 순백의 독재자였지요
그렇게 물려받은 작은 깃발을
하얀 손수건처럼 흔들다가
조용히 이양(移讓)하는
긴 의식(儀式)이어야 함에도 불구하고,
부끄럽습니다

성실하지 못했습니다
나만 생각했습니다

저의 사죄를
한치의 망설임 없이
거부하십시오
가꾸고 다듬지 못한 불찰은
영원한 죄로 남을 것입니다
내 몸이 불에 탈 때,
그때를 기다립니다.

풀잎

참한 저항
정직한 저항
무게 없는 저항
가치가 없는 저항
그래도 실눈 뜨고 째려보며
알통과 종아리를 키우며 새벽길 뛰는
발아(發芽)하는 저항
영양가 없는, 투명의, 땅을 향한 짧은 목축임의
그 이슬이 우리들의 아침밥
그 맨밥도 그리울 현기증의 나날들
호명(呼名) 받지 못한 것들의 부재증명(不在證明)이
우리의 주소(住所)
탄소순환에 충실하여
산소가 공짜가 아니란 걸 알면
우리는 아마 별이 되어
똥도 싸지 않을 거야
일 년을 살면서도 백 년을 기약하며
덤으로 살기,

착실한 생업(生業) 다지는

풀 혹은 풀잎.

조고각하(照顧脚下)

먼 산을 본다

식구(食口)들을 생각하지 못했다

살 찢어 봉양해도 안 아플 어머니, 기타의 사람들

지나온 길이 제법 멀긴 했지만, 어림없음

산문(山門)은 가볍게 통과했지만

나의 경계가 아득하다

댓돌에 놓인 나의 흔적이 부질없다

뻔한 과오를 되풀이 하며 다시 죄 짓는 것을

습관처럼 반복하는 몰염치는

세상을 살며 취사선택한 학습의 효과일까

수용(受容)의 약체적(弱體的) 한계일까

아마 그런 것이 아닐까,

변명의, 변명에 의한, 변명을 위한

거기에 빌붙어 자생(自生)한 자잘한 나날들

무문관(無門關)은 어디 주장할 것 없을 중생의

무책임한 화두

근본을 위함이

이리 근본없음이 너무도 명확함으로,

마루에 앉아
새벽달과 기운다.

남산여인숙

– 박인태에게

민들레와 질경이가 우리 온 땅에 있듯
서울에도 경주에도 남산은 있습니다
남쪽은 항상 따뜻하고 북쪽은 늘 추울까요?
추운 곳일수록 봄과 여름이 더 계절답습니다
남산여인숙은 추운 공간입니다
그래서 시련은 단련이 아니라 참음이라는 것을 이해
합니다
극복의 대상이기도 하지만 통합의 전제조건입니다
양말을 벗고, 지나온 길을 돌아볼 때,
갓끈은 고사하고
남루한 의상도 지금 없습니다
길은 무한증식의 유전자를 깔아놓고 있었습니다
다만 걸을 뿐
남대문시장의 남산여인숙은
그 값싼 가치에도 불구하고 온전한 휴식을 제공하며
간혹 교성(嬌聲)이 불심검문을 하듯 끼어들어도
널빤지 하나의 얄팍한 구분이
우리의 시대였음을 지적하며

먼 곳을 향해 길을 떠날 채비에 여념이 없는
서울역 근처
주소는 없어도
본적(本籍)마저 말아먹지는 않았습니다.

헝그리 파이터

　내 성격이 거칠다고 나의 사랑의 과정이 생략된 건 절
대 아니에요
　내가 햄버거만 먹는 건 또 아니에요
　내 마음을 사소한 것들이 데워준다는 사실과
　내가 코스모스를 좋아한 건 치명적 약점이었지요
　내 주먹은 단지 손가락들의 고아원
　나는 전봇대에 기대서서 추억과 희망의 껌을 씹어요
　나의 반대편의 것들의 인력(引力)이 나를 무릎 꿇게
해요
　나를 키운 건 양희은 아줌마
　나를 압박하는 건 조용필 아저씨
　나는 다만 폭발력이 부족한 게 흠이에요
　나는 아마 이 시대의 피가 아닌가 봐요
　나는 쉽게 타협할 줄도, 그런 기교도 없어요
　나는 지금 희망은 별로 없지만 그러나 가능성 그 자체
라고 굳게 믿어요
　나는 다만 가난의 절망이 그것으로 끝날까봐 걱정 정
도는 해요

내가 살아가는 방식이 언제나 이럴 게 아닌가 하는 의
심도 해요

내 마음만 바꾸면 새파란 창문 하나쯤은 만들 수도 있
어요

나의 음악은 휘파람이고요

나는 늘 상대가 없는 싸움만 하고 있어요

나는 결국 싸움의 과정 그 자체이며 그것은 끝이 없으
리라 야무지게 생각하고 있어요.

오천 장날

상설장이 되었다 해도
오일장은 잊으면 안 돼요
냄새를 확인하고 추억을 상기하고
술떡을, 도라지와 냉이를
라이센스 없는 토박이 장꾼들에게
상업적이지 않게 거래할 수 있거든요
치마끈 졸라매고 습관처럼 출근하는 노인네들 구석수
석 다 모여
콘크리트 담장 아래 쪼그리고 앉아 꼬박꼬박 졸며
봄 햇살 보다 더한 온기를 확인해요
잘 지냈나 안부 전하고
죽지 않으면 보고 또 본다며
얼마나 고마운 일인가요
제철 봄나물 마중 나오신 거
캐고 뽑아 드리워 주신 거
야박한 가격에도 선뜻 내미는 손
핏줄 빳빳한 마른 손
짓이기 듯 비비는 어설픈 악수

오일장의 자기증명, 그 허술하지만 야무진 목숨들
칼국수 다섯 그릇 시켜 일곱 명 나눠 먹고
동해댁 문덕댁 용산댁 우리 잊지 말아요
멀고 먼 시선 아지랑이에 묻히고
인생, 엄지 검지 모아 팽 하니 푸는 콧물 같은 것
해 지기 전에 버스를 타야지 막차는
너무 늦기도 하고 우리 운명 같아서 지랄 같아
종일 앉아 있어 시큰한 허리 부축하며
이 천 원 나물 향기 열 댓 봉지
헐렁한 대야에 담아 집으로 가는 오천 오일장
아쉬워 머물고 싶어도 가슴에만 담아둘
마지막 풍경
더 이상 뜨거운 것 없어도 더 이상 시들 거 없어도
다음 장날 못 나오면 와병 중이거나
죽은 줄 아시게.

* 경상북도 포항의 남쪽 작은 동네.

주정뱅이들의 저녁노을

1.

　강원도 정선의 몰운대에서 바라보는 노을은, 그 어떤
절망도 이곳으로 데려와 듬성듬성 자르고 소금을 치고
고춧가루 뿌려 버무려서 자신의 위장에 잠시 묻었다가
꺼내 되씹어보면 꽤 괜찮은 안주가 된다는 단순하고 극
명한 사실 하나를 가르쳐 준다
　우리는 그렇게 고만고만한 깍두기였지
　노을은, 마시기 전의 일로 변명거리를 만들지 말고
　마신 후의 성향에 대해 예단하지 말 것을 정중하게 주
문한다
　몰운대의 술자리는 그 어떤 법당(法堂)보다 낫다
　머리 속의 적멸(寂滅) 혹은 무욕(無欲)을 술잔에 가둘
것을 노을은 슬며시 지적한다
　돌아보면 평범한 얼굴을 간판으로 삼아 오래도 버티
며 살아 왔다
　오직 평범한 것이 나로서는 슬기로웠다
　비루한 생업(生業)이라서 구겨지고 찌그러져도 아직

은 쓸 만한 희망의 증거, 먼 곳의 불빛, 몰운대, 어떤 신
호, 상징이 없어서 고통도 없다

　돌아보면 술에 취한 것이 아니라 불빛에 취했다
　가당찮은 기대가 먼저 나를 쓰러지게 했다
　그러나 섣부른 반성보다 소중하게 물건을 잡고 오줌
누는 일에 충실하라고, 노을은 설파한다

　다시 돌아서서 보라
　존재하는 모든 것
　좌표 아닌 것이 어디 있으랴
　나는 나무들처럼 그 앉은자리에서 몸을 심고 싶었다
　종일 익혀 숙성된 노을 한 자락,
　다만 견뎌라, 그리고 낮과 밤의 무승부를 노리는 저
노련한 노을의 법신(法身)을 본다.

2.

술은 마시는 게 아냐
스며드는 거지
혹 사랑이라거나 또는 관계나 접촉
다 흡수의 기술, 방식이 필요한 거야
술은 몰운대의 저 노을처럼
어둠으로 서서히 스며드는 거야
은근슬쩍 서로에게 허락하는 거야

술은 혼자 마시는 거야
그렇게 자기의 밑바닥까지 슬쩍 긁어보는 거야
그렇지만 아파선 안 돼
그건 정말 비겁한 사람이 되는 거야
누구 때문에 무엇 때문에 아파선 안 돼
그렇게 마시는 거야

3.

아무리 술을 마셔도 몰운대의 노을을 내 편으로 만들
수는 없다
정작 술은 물소리가 마시고 있다
발바닥이 따가운 구름들이 내 뼈를 슬슬 어루만지며
접근한다
이 어설픈 생활의 자세 슬쩍 교정하여 반드시 누울 수
만 있다면
노을은 나를 용서하리라
이런 다비(茶毘)가 또 어디 있으리
그렇게 잠시 세월을 비켜나 비열한 즐거움으로 조금
씩 몸이 뜨거워지는,
저 무욕(無欲)의 정선 몰운대.

탁발

부처님과 가섭 존자가
서울의 어느 골목 모퉁이에서
오늘 탁발한 것을
적당하게 분배하고 있다
가서 보니 기껏해야 햇빛과 먼지
몇 개의 동전과 비웃음 몇 줌,
생각해 보니 그 보시는
오히려 중생에게 강탈한
진짜 보리(菩提)였는지도 모른다
서로에게 헌신하자고 그들은 생각했다
그리고 결국에는 주고받는 거 없어도
그냥 살아가는 것
그것이 남는 장사라는 거,
부처님과 가섭은 동의했다
하이파이브 했다
노동의 결실의 소주잔에 잠기는,
노을이 좋다
카아,

목줄 땡기는 이런 소리는

아무나 뱉지 못한다

풍부한 하근기(下根機)에 배부르고 아늑하다.

봄날

꽃 피는 소리가 얼마나 시끄러운지
낮잠을 못 자겠다
꽃 지는 소리가 얼마나 켜켜이 쌓이는지
술을 못 미루겠다

봄날은,
마음의 멍울이 망울로 돋고
비와 바람에 꽃이 피고 져서
아지랑이도 서로 비비고 꼬이면서
온도를 재촉하며
순서도 명분도 없이
무분별하나 조용한 소요를 양분 삼아
투명하게 바쁘게 서두르고 있다

그 욕심의 작은 서막(序幕)
혹은 사람의 길은 아닐지

다행인 것은 외롭고 가난해도

왠지 더 윤택해지는 봄날의 느낌

햇살 한 조각 허투루 낭비 않는,
가만히 있어도 촘촘하게 흐르는,
그 봄날의 역학(力學)을
연구할 필요가 있다.

아버지의 유언

뿔뿔거리며 싸돌아다니지 말고,
못이기는 척 버틸 자리 찾거라
그저 엉덩이 무거운 놈이 결국엔 이기는 법
끈기는 재주를 이기는 한 방편이다
개꼬리 삼 년 묵혀도 황모(黃毛) 되는 법 없을지언정
이 악물고 지키며 아끼는 마음을 모으면
최소한 밥값은 할 것이다
신중하고 자중해라, 이렇게 말해도 니가 알 것이냐만
그러나, 불알 두 쪽 그 극명한 좌우의 중심에서
니 자지가 가리키는 방향으로 가거라
사나이의 길, 사람의 길, 이미 알고 있지 않으냐
사는 것이 그런 것이다
나아가 삭은 인정과 습관이 된 양해가 담보된,
묵시적으로 체결된, 공짜에 가까운 담백한 거래다
돌아봐라, 일찍이 너는
목욕탕의 시원함을 뜨겁다고 항변하지 않았느냐
그런 너를 두고 어른들은 그저 웃지 않더냐
사는 것은 그런 것이다

추억을 빌미 삼아 현실을 왜곡하고 싶진 않으나
하여 아쉬움이 많아 잠시 멈칫 하지만
아무 말 못하고 찬찬히 먼 산을 본다
가야할 곳이 거기 밖에 더 있으리
부디 오지 말라고, 나는 말하지 못한다
사는 것은 그런 것이다.

새벽달

하얗게 지샌 지난 밤의 부표(浮標)
산 너머 종종걸음 넘는
새벽 눈썹달
가느다란 종아리
끊어질 듯 실핏줄
집에 가도 먹을 거 없을 거야
아쉽지만 조금 더 뭉개다
아침햇빛으로
속이나 데우자
팔려나가지 못한
일용직(日傭職)의 나날들
인내는 쓰고
허탕치는 하루는 더욱 달콤할 것이다
그래도 보듬어야지
모닥불에 오줌을 누며
내일 다시 만나자, 안녕, 새벽달.

나무와 숲

외롭거든 나무를 생각할 것
혼자여야만 할 것
더 외롭거든 숲을 생각할 것
더불어 서 있어야 할 것
숲의 중심은 늘 각자의 나무 한 그루
그러나 아무리 내가 숲의 일원이어도
나만의 생이 필요한 건 정당하다
내가 제대로 서지 못하면 결국엔 연필심도 못 된다
처절하게, 멸치처럼 말라비틀어지도록 외롭다가
멸치대가리처럼 버려질 상황까지 치닫다가,
문득 뜻한 바 있어 부스스한 머리카락 쓰다듬으며
배시시 연초록으로 일어서는 숲,
그 배경은 혹독한 동안거(冬安居),
중구난방으로 생각이 무성하고
대신 아랫도리가 산뜻한 숲,
그게 우리가 바라는 세상.

천천히, 찬찬히
 − 조길용과 정귀원에게

일등하면 좋더라

그래도 꼴찌가 친구가 아닌 것은 아니잖아

오히려 그 놈들이 진짜 친구더라

나중에 보니 돈 더 잘 벌고 사람답게 살더라

술값 척척 내고 모른 척 먼 산 보더라

밥 빨리 먹고 뒤집어지면

당장은 편하겠지만 소화불량은 어쩔래?

물론 그게 방편인 사람도 있어 그 방법도

무시할 순 없지만,

그래도 최소한 과정은 필요하잖아

우산 없이 비 내리는 길, 뛰어도 걸어도 대책 없을 때

앞의 비와 뒤의 비, 어느 것을 맞을래?

삶은, 핥아가는 거고, 살피는 거고,

더듬어가는 거고, 챙겨가는 거

냉큼 낚아채면 그건 도둑이지

물론 도둑도 나쁘진 않지

너의 마음 강탈할 수 있으면 말이야

문제는 바람의 흐름을 알고

강물의 깊이를 측정하는
가는 눈빛과 지난한 감각이 필요한 거지
그런 걸 훈련하면서 밥 먹어야지
똥 누면서 미래를 예측해야지
댓돌에 올라서면 고무신 정리해야지
오어사(吾魚寺)* 돌담에 기대어
댓잎에 이는 바람 소리 배꼽으로 쑤셔박아 봐
그게 만병통치약, 가령 박카스나 까스활명수처럼
그런 낱말들이 하나의 길이 된다니까
젠장, 꽃잎에 스민 저 빗물은 뿌리에 닿아
정갈하게 재생이 되어 하늘을 날겠지만
부활의 약속 없는 빈 몸으로는
도대체 아무 것도 기약할 수 없으므로
정말이지, 천천히, 찬찬히.

* 경북 포항시 오천읍에 있는 사찰.

숙자는 힘이 세다

숙자라는 사람이 있다
그는 키가 커서 멀리 보는 게 아니라
마음이 높아서 그럴 거다
세상의 장터를 지키는 사람으로
그 길목에서 바람을 감지한다
태평양에 어제 밤에 오줌을 누었단다
새침하게 내륙의 향기를 바다에 풀었단다

비린내 나는 사람의 온기가 아니어도
꽉 차게 마음에 흔적을 남기는,
그런 사람이 있다
세상이 살만 하다는 것은 작은 것에서 시작이 된다
짜고도 쓸쓸한, 늘 그렇게,
그의 생업처럼 사람과의 관계를
숙성시키고 버무릴 줄 아는,
젓갈이 왜 아름다운 밑반찬인가
그렇게 숙자는 사람을 사랑하는
힘에 센 사람이다

나팔꽃 같고 사르비아 같다
그런가 하면 쌍욕으로 무례를 응징할 줄 안다
나는 그런 것에서 용기를 얻었다
우리 곁에는
그런 사람이 꼭 있다
그래서 산다

실핏줄이 동맥보다 못하랴.

첫사랑

아무럼, 동가홍상(同價紅裳)을
기왕이면 빨간 팬티라던
그 애

12월이면
4/4분기 결산을 한다며
무너져 내리도록
술을 마시던
그 애

태평양을 향해
큰 뜻을 푼다고
폐수 흐르는 개울을 향해
오줌을 누던
그 애

뽀글뽀글 감자탕 국물 희뿌연 유리창
전망은 없어도 희망마저 없겠냐고

소주에 목이 메어
휘청휘청
어둠 속으로 사라진
그 애

겨울이 와도
인간의 빙하기는 없다고
씨팔씨팔 내리는 눈을 맞으며

어른이 되었어도
패배하지 않았을
그 애.

개떡 같아도 찰떡처럼

서울 살림 궁핍하여 경기도 변방에 살아도
강원도 정선 상옥갑사 오두막에 피신해도
전남 화순 월셋방을 빌려도
제주도 구좌읍 여인숙에 빌붙어
그렇게 개떡 같아도
제발, 찰떡처럼 살기를,
떡메를 맞고
짓이겨 치대임을 당하고 나면
결국 반들거리는 것을,
권투선수의 바세린 같은
가을향기 고소한 들기름 살짝 덧칠하면
더욱 빛나는 것을
모든 것이 결국엔 반짝이는 것을.

할머니 막걸리집

한 평도 안 되는 막걸리집
팔 십 생애의 업(業)의 터
찐 계란과 소금밖에 없다
한 놈이 한 병 시켜먹으면
천오백 원이지만
잔술 넉 잔 팔면 이천 원이다
나는 적당히 계산적이다
앉아 마실 자리도 없으니
집세 걱정도 상대적으로 적으며
알아서들 챙겨 마시고 간다
나는 최소한 의자 몇 개는 준비하고 있으며
누군가를 기다릴 줄 안다, 그 가난의 자리
날품팔이의 고단함 대신 개념이 생략된
십시일반이 적당하다고 생각한다
저렇게 알아서 마시고 길을 나서니
나의 권력도 적당하고 정당하다
들락날락 온갖 잡놈들

종일 바쁘다

허리가 아파도 사람구경이 좋다

지랄하는 놈, 외상하는 놈

일체 없다

인생에 있어 외상이라는 것이 없지 않겠는가

사람은 기본적으로 싸가지가 없지는 않다

바닥이라고 바닥을 치지는 않는다

배워서가 아니라 선험적으로 형성되는 것이다

그 가치를 스스로 지향하고 있다

우리는 남루해서 눈부시고 그렇게 살아간다

가치를 부여하지도 않고 그 의미도 모른다

덧셈 뺄셈 구구단 정도면 충분하다

인생의 일몰이 분주해서 행복하다

이만한 남는 장사 또 없으리.

김순복

이름 참

훈훈하네요, 순복 씨

절대 개명(改名)하지 마세요

우리 엄마 성함은

김숙희,

장모님은

우칠분입니다

그분들은

살아서 빛이었고

죽어서는

더욱 빛날 거예요

절대적 아름다움은

멀리 있는 게 아니더라고요

존재를 가장 명확하게 바라볼 수 있을 때,

사람은 스스로 빛이 나요

누군가 그대를 호명(呼名)하는 순간

그 순간순간이 별이지요

삶에의 출석 체크가 아니라

이미 존재했지요
탄생의 훈장이자 불멸의 명함이죠
모든 사람이 다 그래요.

1982년 명륜동

1982년 3월 1일 나의 독립기념일, 자의적이진 않지만
명륜동 자취방으로
라면 박스 두 개의 책과 된장 고추장 김치 한 통 들고
상경(上京)했다
대학교 4학년 행정고시 지망생 주낙영은
갓 서울로 올라와 빌붙어 살고자 하는
내게 이렇게 설파했다
'하나는 외롭고 둘은 이미 귀찮아진다'
단촐하고 간결하며 어설펐지만
내가 들은 가장 최초의, 가장 현실적인 법문
낯선 서울의 첫밤, 우리들의 야단법석(野壇法席),
신문지 깔고 소박했다, 문자(文字)를 넘어 그때부터의
현실
돼지고기 듬뿍 생파 성큼성큼 썰어 넣고
단백질 최후의 보루 두부 한 모 잔뜩 때려 넣은
그 찌개 끓는 순간 우리는 짧은 기도를 하며
째려보는 차가운 각자의 소주 한 잔 들이켰다
결과는 누구도 예측하지 못하지만

절실하고 간절한 것은 단지 희망이었다

목련꽃 아래서
밀린 빨래를 하며 바라보았던 푸른 하늘이
시사(示唆)하는 바는 컸다
마냥 푸르고 맑을 것 같았다
최소한 오물 묻은 팬티보다는 조금은 나을 것임을 믿
었다
살아간다는 것
삶의 의미
서울살이의 팍팍함
나는 그때부터 조금씩 절실하게 느끼기 시작했다
늘 그렇게 상식적으로 살면서 하루에 충실하면
그게 사람이고 사람이고 또 사람임에야,
부대끼지 않고 살 수는 없지만
외로움이 그립고
사람이 그리운 게 참으로 개떡같은 우리들의 이중성
과 그 민낯

그래도 참 곱다,
산다는 것
기억의 중심에서 벗어나지 않는 것
그 실타래의 끝을 잡는다는 것.

박용래

공주(公州) 어딘가를
그냥 걸었다
낮달이 고왔다
들판은 평등했다
경상도 전라도에도
그리고 충청도에도
그밖에도
착한 사람들이 대부분이었다
강아지풀이 우리들의 다른 이름이었다
만지면 따스한 것들
눈물마저 삼키는 모든 것들,
세상의 모든 존재들
용래 선생 무르팍 아래에.

기름기 쫙 빼고

우리의 위치는 현재
지갑도 없는 빈 주머니
바람 부는 만주 들판의 독립군
민들레 혹은 질경이
총과 화살이 없는 생존의 기생충들
하지만 예외 없이 기름기도 쫙 빼고 나면
비로소 보일 것이야
찬물로 헹군 말간 얼굴
햇살에 반짝이는 물방울
어린 아이에게라도 우리는 함부로
아무런 말도 하지 못할 거야
사실과 진실의 그 경계에서
우물쭈물 하다간
쪽박만 찰 거야
긴장하라구
기름기 쫙 빼고
담백하게 풍화하기 위해
들판을 걸으며

나의 해골을 목탁으로 두드리리.

外野手

오직 한 순간을 위해
나는 가장 정교한 자세로 너를 본다
간혹 바람이 컨디션을 체크하고 지나가지만
누구도 무엇을 장담하기엔 불가능하다
아직은 멀다
게임은 이어지고 관중은 증가하지만
나의 밖의 일은 나에겐 중요하지가 않다
대기만성 절차탁마의 지난 스프링 캠프
돈수고 점수고 다 무슨 개떡같은 소리일까
중요한 것은
한 방을 노리는 사람과
결정적으로 그것을 막을 그 접점이
순간적으로 연출될 것
함성은 광란적일수록 고요하다
그리고 사는 것은 단순한 일합(一合)이 아니다
나는 점점 잔디가 된다
땅이 된다
먼지가 되어 사라진다

이 얼마나 유쾌한 포지션인가.

풍선껌

감꽃 목걸이 만들었지만
정작 주지 못하고

솜사탕 몰래 사서
골목 끝에서 기다렸지만

풍선껌 씹으며 부풀리며
조마조마한 마음
하얗게 다독였지만

끝내 이루지 못한 박약(薄弱)의 일상

우리의 시대는 영영 오지 않고
타인의 삶에 더부살이 하면서

객관적으로 살아가는 날들
동그라미에 갇힌 나날들

하늘을 향해 날아오르지 못하는

폭발해도 즉시
강제소환 되는
질기고 연약한 우리들의 나날.

江, 木

나무와 강물은
참 좋은 교과서
숨결의 아카이브
흐르는 것
멀리 보는 것
이것을 빼고서
무엇으로 사람이라
할 수 있는가.

소풍

나는 길자 누나를 생각했다
형산강 강둑을 걷고 걸어
송도바닷가 끝 축강에서 우리는
홍합을 잡았고, 그 먼 길을 걸어
다시 집으로 와서 끓여 먹었다
오가는 길, 졸리기도 했지만 바다의 아우성과
언덕의 풀들의 조잘거림에 잠들지 못했다
누나는 걷고 걸으며 동생들을 챙겼다
전쟁보다 어려운 귀환,
세상은 바람이 불고 먼지투성이지만
그래도 그 옆에 강물이 흐르고 햇빛이 쏟아진다며
그래서 걸어가야 한다고 길자 누나는 말없이 등을 떠
밀었다
돌아보면 그 혹독한 행군이 지금으로선 그립고 행복한,
작은 힘이 되는 각설탕이었다
앞선 사람들의 죽음조차도 챙기지 못한
미욱한 도시의 생활이 부끄럽기 한정 없는 일이지만,
우리를 세워 챙기는 아련한 기억일지라도

그 한가락 끈만 잡고 있어도

절대 사람들의 기억에서 잊혀지지 않으리라는 생각이
들었다

배구선수 출신의 길자 누나의 손마디가

대나무처럼 억세다 해도

나에게는 풀잎이었다

그 억셈이 가장 부드러웠다

그것은 절대 변하지 않는다

그리하여 걷는 것의 삶, 그런 것의 소풍.

우리들의 들판

들판에서 몇 가지를 유추했다

저 새들, 구속이 없는
무한한 확장력, 날개의 힘
혹은 본능에의 지향으로
최적의 생존지로 가고 나면

풀들, 폐쇄적 환경에서도
햇살을 전선(電線) 삼아
뿌리로 잎으로, 나무에게도 무선통신
일부가 철거되어도 약간의 상처 뿐
바람에 굴복해도 오히려 번영하는 철저한 저항이며
별 의미 없는 것들의 느슨하나 질긴 연합
결국엔 모두가 잘 먹고 잘 사는
들판의 권력
그렇게 반짝거리는 나날들

그렇게 들판은
자신의 지평선을 넘는다.

종이컵처럼

누군가에게서 간단하게 버려질 수도 있다는 사실을
늘 명심해라
누군가에게서 가장 소중한 시간이었다가도
가벼운 익명이 된다는 사실
박막(薄膜)이라고 할까, 그 현실
혹은 기억의 바깥으로
재기불능의 참혹한 유배를 당할 수도 있다는 사실 때
문에
조금은 긴장이 되더라도
까짓 것, 그러면 어때
나도 버릴 것이 있다는 자족감으로 버티면 되지
한때 뽀송뽀송했었지,
손바닥에 남아있는
첫사랑의 기억.

택시

나만한 노마드가 또 있을까
종명(終命)은 없으나
먹고 사는 소명(昭明)은 이리도 질기다
길은 열려 있어
달리고 달리며 소모되는 나날
신새벽에서 저문 노을까지
길 위의 삶, 누군가를 모시는
의도되지 않은 하심(下心)
외양(外樣)은 제법 고급스러우나
얄팍한 지갑
그리하여 익명(匿名)의, 대역(代役)의
끝없는 길.

여행

울산에서 일을 마치고
시간도 남고 집에 들르기 위해
산 하나를 넘어
주전(朱田) 바다 지나고
문무대왕 수중릉 지나
감은사지 들러 허멀거니 탑돌이 하고
굴곡사 입구에서 잠시 차를 세우고 오줌 누고
기림사 들러 물 한 잔 마시고 나오는 길
오늘 하나도 못 팔았다, 이거 하나 팔아 도,
주차장 앞 늙은이 혼자 앉아,
세상의 파장(罷場)이 저리 살뜰할 수 없으리
앞니 빠져 우는 듯 웃는 듯
감자 한 소쿠리 푸성귀 세 단
짚으로 묶어 된장에 절인 콩잎 두 포기 챙겨
성황재* 물잠자리 돌 듯 뼹뼹 돌아

집에 와서 비슷한 연배의 어머니에게
발 씻으며 혼나고

졸이고 담그고 무친 그것들 챙겨

서울 오는 길

인생이 어찌 고속도로겠나
천천히 가거라

문경새재에서 뒤를 돌아다본다.

* 경주 감포 기림사에서 포항으로 넘어오는 고개.

103

낮달

그대, 떠돌이면서도 원주민인 사람
타인과의 경계가 그토록 마음에 걸렸을까
밤낮 없이 기웃거린 발걸음
나쁜 것을 먼저 배워 허무를 실천하는 사람
산에 가리고 강에 잠기면서
물음표 느낌표 다 깨물어먹고
맨발로
자기 속으로 숨는 사람
비겁함에 힘을 실어주고 웃는 사람
새털구름 잔주름 묻은 햇살을 녹인
소주 한 잔 마시고
그걸로 양치질하는 더러운 사람
보는 이 마음에 무혈입성하여 남긴 차가운 소인(消印)
그렇게 누구에게나 원죄는 있다고 다그치면서
살아가는 것이 곧 사죄이며 소멸의 시작임을 가만히
지적하는
무기질의 비웃음 폴폴 날리며 걷는 사람
하늘엔 문이 없다고 중얼거리면서도 문을 여는

마음이 예쁜 사람, 불치병이 없는 사람
그대 원주민이면서도 떠돌이인 사람.

첫눈의 자화상

첫눈,
내 안의 혁명이 가장 허위였음을 지적하며
무게를 조정하며, 대열을 맞춰
내린다,
선전포고 없는 기습공격이다
전초전이 없는 것은 아니었다
종일 배가 고팠다
무방비(無防備)가 나의 방비로 눈을 맞는다
나는 나의 내부의 가장 소박한 파장에 응수하지 못했다
내 안의 제거의 대상들인
꼼지락거리는 제비꽃과 송사리,
서울에서 부산, 섬마을까지 이어진 길
진정 가슴에 묻으면
또 그것들이 축적되면 인생에도 싹이 틀까
저기 보이네, 지나온 행로
비교하며 책임을 회피한 내면의 붕괴를 직시하면서
아울러 비겁하기도 한,
그리고 추위를 비웃으며

첫눈은 그렇게 내린다
적당히 덮으며 내린다
평생 내린다.

김종삼

그는 깃발 없는 깃대

그 허공에 펄럭이는 욕망

만국기가 펄럭거려도 국적(國籍) 없음

그는 아침이슬 한 방울에 얼굴을 씻고

새순 몇 가닥이 식량

훔쳐 먹은 막걸리가 새참

내용도 없이 하루에 충실함

무작위의 나날들이

그 허무함으로 행복했음

이런,

불량의 콘돔 같은,

작은 희망에도 작열하는

순수, 혹은 적멸.

별

길을 묻는다
별에게

내가 너의 길을 물을 때
미지의 그것을 질문할 때
사랑한다고 말하지 못하고
아무도 누구도 대답하지 못하지만

문득, 할 말 없이 하늘을 볼 때
별,
그 무책임한 반응
우리가 의미를 너무 부여하여
그 본질을 비켜가지 않았을까 몰라

그래, 별은 그냥 상징으로 남기고
우리 그냥 이 땅에 있기로 하자
반짝거리지 않아도
스스로 발광(發光)하고

밤을 총총히 건너가기의 일상적 생활의 무한반복

그렇게 살면 최소한 본전은 할 거야

그 정도면 충분할 거야

내가 별을 논하다는 것 자체가

가당찮은 일이다.

나머지 공부

그대를 생각한다
내 수업은 늘 그 모양이다
밀린 숙제는 엄두도 내지 못하고
오늘 할 일 마무리 못하고
마음마저 비워버린
쓸쓸한 평화
당신은 부재(不在)의 대명사(代名詞)
나는 주소를 모르는 우편배달부
가슴에 불로 찍은 소인(消印)이 선명한데도
더하기 빼기에 곱셈은 아직 벅차다
그리운 것은
책상서랍에 감춰 둔
눈깔사탕
살면서 피하고 싶은 것들이 있어
나름대로 필요한 우리들의 당의정(糖衣定)
그것의 보물찾기.

옴니버스

수 없이 많은 엉덩이들이
잠시 머물고 간 자리에
나 역시 앉으며
그렇게 더불어 가는군,
우리들의 참 편한 교통수단, 버스를 타고
밥벌이의 순환통로, 미세정맥과 같은,
저렴하다고 의미가 축소되지 않을 거야
고마운 행로
아무리 기계라도 따스한 심장을 가진 엔진
고마움을 전달하고 싶어, 마을버스처럼
눈 내리는 만주 들판을 돌고 돌아
사는 것이 독립군의 나날
찬 물 한 그릇을 들이켜도
살아가는 동력을 확보하잖아
새벽부터 만추(晚秋)까지, 혹은 그 너머까지
가는 길은 달라도 목적지는 하나
죽기 위해 살지
그래서

경건한 것,
삶
우리 모두의 몫
그냥 오직 가야 할.

새우깡

남산 중턱 김소월 시비 아래로
수업을 끝내고 올라와
갹출, 스무 살의 경제(經濟),
기껏해야 삼천 원, 소중하게 모아
각혈하도록 마신 소주
배경은 새우깡과 쥐포 몇 개
그렇게 하루를 지켜보는 맑은 눈빛
그리고 빈 주머니, 전망은 흐리고
저 아래 소유할 수 없는 서울의 불빛
무척 자극이자 도발이었지만 그것 뿐
우리가 향유할 단백질의 원천은 쥐포 몇 조각
새우깡은 씹을 수 있는 원천적인 재료
그 재료정체불명의 현란한 과자를 안주 삼아
그것마저 아끼며 꺾어 손에 감추며
멈추고 싶지 않던 부조리의 대화들 속에서
먼 바다를 생각하는 소박한 일몰
그 곁의 소금기라도 되어 부패하지 않길 생각했지
뽀송뽀송하고 바싹바싹한 날이 오겠지

114

혼자서 하는 약속과 전망,
다만, 일회용으로 씹히지 않기
'깡'을 모방하여 강(强하)게 살기 위해서는
철저하게 남에게 녹아나거나 일그러질 것,
설탕을 얻기 위한 소금밭의 나날들
그래서 새우깡의 전설은 일정 부분 유효하며
여전히 현재진행형.

마포종점

정갈한 소금으로 나를 염장시키자
소소하고 휩쓸리는 삶,
강원도와 충청도의 내륙의 향기 불러 모아
밑천으로 삼자
갈치구이 냄새에 회가 끓는 내장에다
안주 없는 막걸리 부어 차분히 달래자
천막 아래 무좀 심한 발가락 위로하며
잠시 앉아서 바라보는 강 건너
멸치젓갈 까나리 액젓보다 냄새나는 삶,
그러나 그 깊은 맛 알기 어려우리

우리가,
당인리 화력발전소처럼
자가발전의 설비의 마음을 갖춘다면
배추장수 팔다 남은 껍데기 삶이라도
희끗해도 푸른 희망
골목마다 발길 남겨가며
비바람 막을 공간 두 어 평 확보하면

머지않아 꽃필 날 있을 것,
끊어진 뱃길, 그 마음의 작파(作破),
마지막 버스는 결코 오지 않는
마음을 너머
마을을 넘어
마지막이 없는
마포종점.

겨울 주남지

새들이 왔다 가면
호수는 고요하다

녹음으로 번창했던 것을
얼음으로 반성하는 것을

저 두 개의 본능을 어찌 하리
저들끼리의 거듭되는 삶을
흘려보낸 것들이 많은 세월
소유하지 못했음으로 오히려 가득했던 시간

돌아가고 돌아오리라
저 바람과 구름의 행로

어쩌나, 사랑이 그런 것을.

가을비

여름 지나
가을 오는데
가을비까지 온다

뜨거움도 순식간의 차가움이
사랑이라고,
창문을 끄적이는 손길
세상엔 투명한 것이 없다
먼 산 문지르듯 가리며
눈 둘 곳 없는 분분한 시선
더 이상 받지 않을 전화번호를 지우며

마른 별빛
잔망스러운 꽃잎
봉암사 가을 노을
젊은 날 부패한 열정
기타 날것들 잡것들 탈탈 털어
찻잔에 구겨 넣고 끓이며

무릎에서 발목까지
스윽
바람 부는 가을비
이내 자세를 바꾸어
이마를 겨누는 저 짧은 칼날.

가을에서 겨울까지

외롭다면서도
더욱 혼자를 희망한다
경강선을 타고 가서
여주 세종대왕릉에서
하루를 보냈다
가을은 맑았다
어느 산기슭 모텔에서 물소리를 들었다
어제 내린 가을비의 후문이리라
그렇게 기억을 불러내어 곱씹어 염장하면
언젠가 눈이 내릴 것이다
모든 것이 잊혀지면
외로운 일 따위는 없을 것이다
사람의 길은 거기서 시작된다.

멀고 긴 밤

왜 읽는가
책이 묻는다

은하수는 어디로 흐르는가
밤이 묻는다

물살 같은 손금으로
책갈피에 남긴 침 자국
먼 바다 물결 소리 채집하여
소금꽃 피우듯

사람 사는 거
한 글자 한 글자 깨치며
먼 길 가듯

책이 묻는다
어찌 살 것인가.

도강잡기(渡江雜記)

출근과 밥벌이를 위해

하루 몇 번씩 강을 건너는 건 물론

서울과 변방, 강남과 강북, 기타 이외의

모든 잡지(雜地)를 섭렵하며,

얻은 것은 소외

반성은 빈곤

후회는 소심하고

월급명세서에 등재된 명확히 공인된 존재를 확인사살

하려

맹렬히 나를 추격 중

그러나 절망은 일단 보류하여

친구 삼아 껴안고 가며,

전망은 아득하고

결말은 뻔하지 않을까 싶은데,

눈썹달빛에도 검문 당하는 얄팍한 일상

그렇지만 가야할 길

강물처럼 흐르는 것

그것을 가로지르는 것

무감(無感)한,

삶에의 중독(中毒).

어떤 사계(四季)

감포 기림사거나 안성 칠장사
그렇게 만만하게 편안한 절들이 있지
그곳의 뒷간에 앉았다고 생각하고
저 헐렁한 구름과 바람소리에 긴장하는
성능 좋지 않은 아랫도리에 대해 기도하라구
해우소(解優所), 똥이나 제대로 누라지

포항 오어사의 아침안개 생각나?
그 중독성의 이리떼들
혹은 무소유의 떨거지들
다 개떡같은 소리이긴 하지만
그래도 찰떡같이 새겨듣는 게 한소식 하는 법이라더군
각설하고, 사타구니의 땀이나 씻어라구
우리는 다소 건조해 질 필요가 있는 물건들이잖아

저길 좀 봐,
노을이 바다로 몰려가는 꽃상여 같지 않아?
막소주 한 사발에 젖은 네 몰골이 마냥 그 꼴이지만

그렇다고 영 미운 것만은 아니네
그렇게 채석강으로 내소사로 가는
후들거리는 마지막 버스를 타면
빈 손에 고스란히 남는 지난 밤 늙은 창녀의 체온이
문득 그립다

이제 남은 건 오직 무너지는 일,
무몽(無夢)이 대몽(大夢)이라며
마곡사 가는 길
숲에는 자꾸 눈이 내려
한 사람의 부재(不在)를 알리는,
저 소박한 최후통첩.

약용전서

본질을 바꾸는 것이 어디 쉬운 일이랴
개량(改良)은 좀 필요하다고 본다
실용(實用)이면 더 좋으리
말조개의 본말이
말씹조개라는 걸 그대는 아는가
조금 거칠더라도 다정한 모랫벌의 언어들
차마 호명하지 못한 나의 불찰의 나날
잘근잘근 나를 씹어대는 파도의 집요함에
흑산의 아침마다 펼쳐지는 반성의 문장,
그것은 임금에 대한 것이 아니라
사람에 대한 것임을, 비로소 느낀다

언어와 도덕으로 무장했던 내 삶,
그 면피는 흑산에서 참혹하다
나 역시 비켜가지 못했다
그리운 약종 형님
귀신도 고개 돌릴 이 땅에서 죽음을 마다하지 않았으니
애초에 거부하고 불의에 맞서야 했다

비록 우리 모두가

초개(草芥)로 버려지고 이슬처럼 사라져도

좀 더 사람의 근본으로 향해야 했다

나야 늘 황망하고 미욱하여 바다의 곁만 떠돈다

붓질에 젖은 내 생애,

습자지에 들러붙어 마르고 말라

파르르 바람에 떨리며 소금기에 박제가 되네

나, 후세를 기약할 수 있을까,

그래서 선비라는 것이

오늘 문득, 슬프다

내일은 더욱 비참할 것이다

글 몇 줄로 연명하는 잘디잔 세월이

빨랫줄에 내어걸린 코 꿴 생선처럼,

긁다 남은 비늘이 햇빛에 반짝이네

흑산이

백산이 되기를 바랄 것인가

유배라는 무관(無冠)과 배척의 임지(任地),

그 나의 외지(外地)에서
멀고 먼 우리의 나라를 생각한다.

내상(內傷)

너무 아파서
별을 따서 삼켰더니
조금씩
새벽이 오더라
그 무효한 진통제의 남용
내일을 위해 별을 아껴야 한다

그대를
지켜보는 것
그런 나를
지켜보는 것

시대와 그대가 다르지 않다.

자서전

가을비 같았고
깨소금 같았고
은박지 같았고
시금치 같았고
찬물 한 그릇 같았다, 고
싶었던 스무 살 무렵도 있었습니다
이후로 지금까지 형편없습니다
그리고 지속적입니다
그렇지만 그냥 팽개칠 수는 없습니다
떠밀려 가더라도 손 내밀고,
혹은 끌려가더라도 드러누워 버팁니다
다만
저녁연기 피어오르는
사람들의 마을을 맑게 지켜봅니다
그 마음의 부동자세,
지속적이고 싶은, 다만 간절함으로.

낙화(洛花)

피는 꽃과 더불어 지는 꽃이 있어,
주류(主流)에서 벗어나 추방을 당하며,
시절과 기후를 감지하여
혹은 생육에 밀려 낙하할 때,
단말마의 항변과 야유가 퇴행이 아님을,
그 꽃은 알고 잎은 알고
본질인 나무는 알리라

달콤한 열매에의 그 긴 시간의 여정에
일말의 역할, 그 소임을 했다고 하면,
이만큼 멀어져 뒤를 돌아본다는 것
의미가 없지 않으리

우리는 생리적인 한계로 지금, 내리지만
분분하게 내리지만,
그냥, 내리지만

그래서 피고 지는
봄의 연속이다

가을은
저기에,
천천히 온다

순환 혹은 윤회를 안다면
생이 참 무섭고 가혹하고 행복하지만
그래도 조금은 무책임에 기대고 싶은.

가을비의 행로

가을비가
내게로 왔다
마지막 버스는 떠나고
갈 곳을 정하지 못한 내게
도리어 가을비가 길을 묻는다
떠나지 않는 것이 아니라
떠나지 못한다고 말했다
이미 정해진 외지(外地)
조금 초라해도
마음이 반듯하면
견딜 수 있으니,
슬며시 곁에 앉는 가을비.

개복치

무색(無色) 무미(無味) 하여도
늘 호출당하는,
기쁘거나 슬픔에 상관없이
꼭 있어야만 하는 존재들이 있다

전라도 사람들이 잔치에서 홍어를 호출하듯
포항 사람들은 개복치로 위안을 삼는다
인이 박힌, 습관적인, 젓가락의 무조건반사
그 짧은 감탄사
불만인 것은 홍어는 그 독특한 맛이라도 있어
중독되게 하는데,
도무지 탱글탱글함 외에는 특징이 없는 개복치는
무엇으로 포항사람들을 중독하게 하는지

그래, 맛없어도 섭취하는 것
생활의 시간처럼, 지나온 족적을
두루 살피며 반추하며
결혼 혹은 죽음의 그 축제의 빠지지 않는 것들

먼 바다에서 온 그것들
기억의 저편에서 오늘을 부축하는 것들,
어디 개복치뿐이랴

자기 궤도를 따라 그냥 묵묵히 가는 것들,
의미가 없다고 아무도 말할 수 없다.

조락공강(潮落空江)

가령,

시금치 데치듯

노을이 지나가면

그 상처로 우리가 선명해진다면

그래,

아파도 좋으리

바람이, 맨발로, 겅중겅중

물수제비처럼 건너는,

저도 모르게 제 옷깃 여미는

저 가을 강

대충 살지는 않았지, 가늘게 이어온 삶

존재는 미약해도 꽤 살았던 나날

그럼에도 뒷물에 밀리는 강물

갈대의 모진 세월 하얀 몰골

새벽달에 보내는

그 수화(手話)가

새벽까지,
흔들리면서

아무도 기억하지 않을 얼굴을
나름의 처세라며 수시로 바꾸어가며
그래서 뻔뻔한, 그래서 편안한 강물.

정영상

민주교사 정영상은
잠결에 웃으며 심장마비로 죽었다
모든 죽음이 마찬가지다
청량리에서 밤기차를 타고 제천에서 내려
단양으로 총알택시를 갈아타고
정영상의 죽음을 확인하러 갈 때,
어둠은 아늑하게 우리의 삶을 확인해 주었다
젠장,
산다는 것이 눈물 한 방울로 정점을 찍어
살아갈 목표를 확인시킨다는 것
그 무심함에 몸서리가 쳐졌다
관(棺)을 부여잡고 운들 무엇하리
살아 한 점 죄 없었던 사람이
어린 아들 딸 남겨 놓고 간 죄가 많은 사람이 되어,
나는 그를 노려보며
이유도 없이 분노했다
정작 벌 받아야할 나는 멀쩡히 소주를 마시며
먼 월악산을 보고 있었다

다만 다행인 것은, 마음이 저승에 닿아
강물로 흐르면서, 그가 굵은 손으로 나의 어깨를
툭 툭
두드리는 것,
그러나 그 감촉은 가을비보다 혹독했다
상(賞)보다 벌(罰)이 인생에 도움이 된다
정영상은 결코 죽지 않았다.

해 설

방외인(方外人)적 성찰과 '찰떡같은' 삶

― 이우근의 시와 삶

홍 신 선

(시인 · 전 동국대 교수)

일탈과 회귀 혹은 탕자

이우근 시인을 만나고 나서 나는 문득 성경속의 돌아온 탕자를 떠올렸다. 이 서사는 잘 알려진 대로 가출한 뒤 재산을 탕진하고 돌아온 유태인 집안의 어느 아들 이야기다.

사람들이 이 서사에서 주목하는 것은 그 아들보다는 아버지의 태도였다. 아버지는 들고 간 재산을 모두 탕진하고 돌아온 아들을 감싸 안아 들인다. 그리고는 죽었던 아들이 살아 돌아 왔다고 주위 사람들에게 알린다. 뿐만 아니라, 큰 경비를 들여 잔치를 열기까지 했다. 불평하는 큰아들에게는 준절한 타이름을 건넨다.

"너는 그동안 나와 함께 해 내 모든 것이 네 것이지만 동생은 죽었다 살아난 거고 잃었던 아들을 다시 얻게 된 일"이 아니냐고.

각설하고 이우근 시인은 문청시절 누구보다 시를 잘 썼고 앞날이 촉망됐던 인물이다. 고등학교시절에는 백일장 여러 곳에서 상을 받아 이름을 알렸다.

그리고 서울예대 재학시절엔 역시 동배 문청들 가운데서 각별한 시적 재능을 뽐내었다. 이것이 그와의 해후 전 내가 그에 대해 아는 바 전부였다.

그를 다시 만나게 된 것은 이종현 시인을 통해서였다.

"선생님, 혹시 이우근이라고 기억하세요?"

그 시절이 언제였는데……. 뜨악해 하는 내게 이종현은 여러 얘기로 그 시절 기억을 일깨워 주었다. 그리곤 그가 지금 을지로에서 조그만 출판사를 운영 중이라고 현업까지 귀띔했다. 학교를 졸업한 뒤 그는 을지로, 충무로, 용산 등지의 인쇄골목을 누비며 살았다고 했다. 그러면서도 용케 시를 놓지는 않았다고 덧붙였다.

짐작컨대 이우근은 그 동네의 짜고 매운 기름밥을 먹으며 나름 험난한 세파와 싸워왔을 터였다. 그러면서 혼자 시를 놓지 않고 써 왔을 것이다. 나는 그의 이런 이력이 왠지 대견하면서도 한편으로는 안쓰러웠다.

아무튼 그는 저 돌아온 성경 속 탕자처럼 뒤늦은 등단과 함께 다시 문학동네로 귀환했다. 이번 시집 원고를 통독하며 나는 그가 그동안 무슨 이력을 어떻게 쌓으며 살아낸 것인지를 알 것 같았다. 이 글은 아마도 그 이력을 캐고 따라가는 데서 크게 벗어날 것 같지 않다.

먼저 자신의 이력을 적은 시 「자서전」부터 읽어보자.

가을비 같았고
깨소금 같았고
은박지 같았고
시금치 같았고
찬 물 한 그릇 같았다,고
싶었던 스무 살 무렵도 있었습니다.
이후로 지금까지 형편없습니다.
그리고 지속적입니다
그렇지만 그냥 팽개칠 수는 없습니다.
떠밀려가더라도 손 내밀고
혹은 끌려가더라도 드러누워 버팁니다
다만
저녁연기 피어오르는
사람들의 마을을 맑게 지켜봅니다.
그 마음의 부동자세
지속적이고 싶은, 다만 간절함으로.

— 「자서전」 전문

이 작품은 시적인 수사가 거의 없는 거친 육성이라고 해도 될 만하다. 그래도 산문적인 번역을 조금은 해 보자. 스무 살 무렵을 경계로 화자의 삶은 극명한 대조를 보인다. 이를 테면 가을비, 은박지, 깨소금 등이 환기하는 스무 살 이전이란 누구나 그렇듯 안락과 설렘, 반짝이는 재기와 호기심 등으로 충만해 있다.

그러나 이후 막상 구체적인 현실에 내던져지고 나면 상황은 급변할 마련이다. 화자는 그 정황을 "지금까지 형편없다"라고 진술한다. 그렇긴 하나 형편없는 현실이라고 해서 이를 팽개치거나 포기하지 않는다. 화자는 사람들의 마을을 지켜보며 "마음의 부동자세"를 가다듬기 때문인 것. 이렇게 이 작품은 대략 읽힐 터이다.

그러나 진술만으로 일관한 만큼 이 작품은 지나치게 추상적이다. 나로서는 그것이 불만이다.

현실이 형편없다고 한다. 그렇다면 왜 어떻게 형편없는 것일까. 우리는 그 현실의 구체적 정황을 이번 시집의 경우 작품 「새우깡」, 「소풍」, 「1982년 명륜동」 등등에서 읽고 확인할 수 있다. 몇 대목을 인용해 보자.

남산 중턱 소월 시비 아래로
수업을 끝내고 올라와
각출, 스무 살의 경제(經濟)

기껏해야 삼천 원, 소중하게 모아

각혈하도록 마신 소주

배경은 새우깡과 쥐포 몇 개

그렇게 하루를 지켜보는 맑은 눈빛

그리고 빈 주머니, 전망은 흐리고

저 아래 소유할 수 없는 서울의 불빛.

　　　　　　　　　　　─「새우깡」의 부분

　인용한 이 작품은, 내 사적인 기억까지 얹자면, 이우
근의 서울예대 재학시절의 한 단면이다. 시적 언술 그대
로 이우근은 학교에서 가까운 남산 중턱을 올라 그 시절
그의 유일한 특장(特長)인 소주 마시기를 벌인다. 그 술
추렴이란 한 사람당 삼천 원 갹출과 새우깡 안주가 고작
인 것. 이런 처지에 현실에 대한 전망이란 오직 흐리고
모호하기만 할 따름이다.

　뿐만인가. 서울의 야경이 아무리 휘황해도 그 서울이
란 세계는 내 것이 아니란 자각이 뒤따른다. 이는 철저
한 방외인(方外人)다운 인식이라 할 만하다. 그는 결코
어디에서 어떻게 해서라도 강고한 세계를 비집고 들어
갈 수 없다는 걸 인지하는 것이다. 따라서 고작 그가 할
수 있는 일이란 마음을 다잡고 자신과 약속을 하는 것.
곧 새우깡을 매개로 "'깡'을 모방하여 강하게 살기 위해
서는 /철저하게 남에게 녹아나거나 일그러질 것"을 작심

하는 일이다. 특히 현실에서 누구보다 강하게 살아야 한다고 다짐한다. 자기 나름 삶의 자세를 다짐하는 것이다.

작품 「소풍」에서도 이 삶의 자세는 그대로 강조된다. 시의 주체인 길자 누나는 "세상은 바람이 불고 먼지투성이지만/그래도 그 옆에 강물이 흐르고 햇빛이 쏟아지기에" 사람은 살 마련이라고 등 떠미는 것. 그 같은 삶의 자세를 다짐하는 일은 서울살이에서 더욱 강화된다. 한 작품에 따르자면 1982년 신학기 시작과 함께 이우근의 서울살이는 시작된다. 곧,

> 1982년 3월 1일 나의 독립기념일, 자의적이진 않지만
> 명륜동 자취방으로
> 라면 박스 두 개의 책과 된장 고추장 김치 한통 들고
> 상경
>
> — 「1982년 명륜동」의 부분

한 일이 그것이다. 거기서 그는 서울에서의 첫 밤을 소주를 마시는 야단법석(野壇法席)으로 지새웠다. 그러면 객지에서의 그의 삶은 어떠했는가. 그의 언술 그대로 "개떡 같아도 찰떡 같이 살"아내는 일이었다.

'찰떡같은 삶', 혹은 변방에 살기

그러면 과연 찰떡같은 삶이란 어떤 무엇인가. 지난 산업화 시절 뿌리 뽑힌 여느 사람들의 서울살이란 "궁핍한" 살림살이 그것이었다. 실제로 이우근은 학교 졸업 뒤 뿌리 뽑힌 사람처럼 떠돌았던 모양이다.

강원도 정선이나 전남 화순, 혹은 제주도 구좌읍 내지 경기도 변방 등지로 전전했던 기록들이 그것이다. 이 시적 기록들은 저간의 사정들을 극명하게 보여준다. 저 정처 없는 떠돌이 생활에서 그가 얻은 결론은 찰떡처럼 살아야 한다는, 정신 제대로 추슬러야 한다는 삶의 자세였다.

찰떡같은 삶이라니. 그는 이렇게 말한다.

> 떡메를 맞고
> 짓이겨 치대임을 당하고 나면
> 결국 반들거리는 것을.
> ─ 「개떡 같아도 찰떡처럼」의 부분

화자에 따르면 '찰떡'은 수없이 떡메에 얻어맞고 짓이겨지고 치대인 끝에 만들어진다. 또 그 엄혹한 과정을 거쳐야 비로소 반들거리는 윤기와 깊은 맛이 내장된다. 화자는 그런 찰떡을 매개로 자기 삶의 힘겨움과 꿋꿋함

148

을 진술한다. 말이 쉬워 얻어맞고 짓이겨진다지만 실제 당하는 인간은 참담하고 암울하기 짝이 없는 노릇 아닌가.

이번 시집에는 이우근의 이 같은 암울한 삶의 궤적이 선연하게 드러나 있다. 특히 「아버지의 유언」과 「어머니께」, 그리고 「스무 살 무렵」 등이 그렇게 읽힌다.

> 돌아봐라 일찍이 너는
> 목욕탕의 시원함을 뜨겁다고 항변하지 않았느냐
> 그런 너를 두고 어른들은 그저 웃지 않더냐
> 사는 것은 그런 것이다.
> — 「아버지의 유언」의 부분

짧게 인용한 이 대목은 "사는 것은 그런 것"이란 아버지의 노성한 일깨움을 보여준다. 마치 돌아온 탕자에게 이르듯 아버지는 "뽈뽈거리며 싸돌아다니지 말고/ 못 이기는 척 버틸 자릴 찾"아야 한다고도 타이른다. 삶이란 게 알고 보면 그렇고 그런 것임을 아들에게 그렇게 일깨워 주는 것이다.

그것은 여느 평균적인 삶을 살아온 아버지의 절절한 경험담이기도 하다. 그래서 "그저 엉덩이 무거운 놈이 결국엔 이기"듯 방황하거나 떠돌지 말라는 것. 아버지의 당부대로 이우근이 과연 못이기는 척 버틴 자리는 어디일까. 그의 사석에서의 고백대로 그 자리는 인쇄 골목이고 기름밥 먹는 자리였을 터이다.

이렇게 버티게 된 자리에서 그는 어머니에게도 회한에 젖은 소회를 털어놓는다. 그것은 자식으로서의 소임과 관련된 일이다. 이를테면 "물려받은 작은 깃발을/ 하얀 손수건처럼 흔들다가/조용히 이양하는 긴 의식"이 자식 된 도리라는 언술에 보이는 소임이 그것이다. 그의 이 같은 언술에는 나름의 회한이 담겨 있다. 그동안 자신만 생각하고 산 잘못 탓에 가족들에게 "부끄럽고 성실하지 못했다는" 자책이 그것이다.

시를 앓던 스무 살 무렵부터의 서울살이란 결국 나만을 생각하고 챙기기에도 한결 더 벅찬 것 아니었을까. 그의 시적 수사대로 '찰떡'처럼 숱하게 얻어맞고 치대인 서울살이었던 것이다.

그러면 과연 그는 찰떡같은 삶을 누렸는가. 아니다. 그는 개떡 같은 현실에 끝없이 시달리는 좌절을 맛보았다. 그 좌절과 절망 속에서도 그를 견디게 한 것은 시였다. 아니 문학만은 놓치지 않고 끝까지 붙잡았던 셈이다. 그래서 그는 탕자처럼 자신에게 좌절과 절망을 안겨주던 현실에서 '순수와 적멸'의 세계로 돌아올 수 있었다.

그는 깃발 없는 깃대

그 허공에 펄럭이는 욕망

만국기가 펄럭거려도 국적(國籍) 없음

그는 아침이슬 한방울에 얼굴을 씻고

새순 몇 가닥이 식량

훔쳐 먹은 막걸리가 새참

내용도 없이 하루에 충실함

무작위의 나날들이

그 허무함으로 행복했음

이런,

불량의 콘돔 같은

작은 희망에도 작열하는

순수 혹은 적멸.

　　　　　　　　　－「김종삼」의 전문

　김종삼은 누구인가. 나는 김종삼 시인의 경우 두 가지를 떠올린다. 하나는 그가 한국판 보헤미안이었다는 것, 두 번째는 '내용 없는 아름다움'에 집착한 심미적 인간이었다는 점이 그것이다. 한국전쟁 때 월남한 이후 그는 떠돌이처럼 문학동네를 배회하며 살았다. 물론 직장도 잡고 있었지만 현실과는 동떨어진 방외인 노릇을 많이 했다. 평균인들이 흔히 생활 속에서 보이기 마련인 현실적 욕구나 집착을 철저히 외면했던 것이다. 그러면서 현

실로부터의 도피와 일련의 좌절을 시에서 대신 보상 받
으려 했다. 그런 점에서 지난 날 난숙한 자본주의 사회
를 산 서구 보헤미안을 많이 닮았던 것.

그러면 그가 도피처로 삼았던 시는 무엇이었는가. 그
것은 내용 없는 아름다움으로 흔히 불렸던 세계, 곧 음
악의 공간을 꿈꾼 것이었다. 실제로 그의 초기 시에는
많은 음악적 제재(題材) 내지 이미지가 등장한다.

다소 설명이 장황해졌지만 그러면 이우근이 염두에
두었던 김종삼은 어떤 존재였던가. 인용한 작품은 김종
삼의 인간적 면모와 작품세계를 뒤섞어 진술하고 있다.
화자의 말을 따라가 보자. 우선 김종삼은 국적도 없이
"새순과 막걸리" 같은 일상적이지 않은 먹거리로 산 것
처럼 얘기된다. 그런가 하면 내용 없는 무작위의 나날을
영위했고 또 이것이 '행복'이었다고 화자는 강변한다. 이
렇게 읽다보면 김종삼에게는 우리네의 비루한 일상이
없다. 그에게는 순수 혹은 적멸이 있을 따름이다.

여기서 순수는 산문적 의미, 곧 내용 없는 음악적 공
간일 터이다. 그리고 보면 김종삼이란 화자에게는 매인
것 없는(국적 없는) 보헤미안으로, 더 나아가 일상과는
별도의 순수 심미세계의 표징이었던 셈이다. 결국 이 같
은 언술은 시인 이우근에게 김종삼이란 하나의 시적/시
인적 롤 모델이었음을 시사(示唆)하는 것. 우리 현대시

사에서 김종삼과 정신적 근거리에 섰던 박용래 시인을
제재로 한 작품도 마찬가지다.

> 공주 어딘가를
> 그냥 걸었다
> 낮달이 고왔다
> 들판은 평등했다
> 경상도 전라도에도
> 그리고 충청도에도
> 그밖에도 착한 사람들이 대부분이었다
> 강아지풀이 우리들의 다른 이름이었다.
>
> — 「박용래」의 부분

　화자는 낮달이 곱게 뜬 날 들판을 걷는다. 공주란 지
명을 특정하고 있지만 굳이 공주가 아닌들 어떤가. 전국
어디서나 보는 들판은 평등/대동소이하고 거기 사는 강
아지풀들은 한결같이 착한 사람들인 것을.
　여기서 착하다는 것은 무슨 뜻일까. 그것은 바로 "만
지면 따스한 것"이다. 마치 눈물처럼 말이다. 화자는 이
모든 것/일들이 박용래 시인 무릎 아래서 이뤄진다고 한
다. 알려진 대로 박용래 시인 역시 생평(生平) 간(間) 직
장이 없었다. 그리곤 시만을 만들고 생각하며 살았다.
아마 이 점이 이우근 시인으로 하여금 남다른 관심을 쏟

도록 했을 터이다.

이제까지 살핀 김종삼이나 박용래의 시적 공통사항은 작품이 짧고 간명하다는 것이다. 생략이 과감하고 행간이 넓은 것 또한 그들 시의 공유사항일 것이다. 시적 수사에 있어서도 이들은 완벽의 미를 추구했던 것이다. 이번 이우근 시인의 일련의 시편들을 보면 이 두 시인의 특장이 엿보이는 것은 나만의 오독일까. 그렇지는 않을 것이다. 그보다는 두 심미적 인간에게 그로서는 롤 모델인 듯 이끌렸던 탓일 게다.

조고각하, 혹은 일상의 성찰

왜 조고각하(照顧脚下)인가. 이 낯선 말 '조고각하'는 선불교의 화두이다. 사전적 풀이로는 발밑을 비춰 살피라는 뜻이다. 흔히 '지금 바로 여기서'란, 곧 일상을 살피라는 의미로 외연을 넓혀 쓰기도 한다.

조금 더 불교식 설명을 덧붙이자면 견성(見性)이란 지금 이곳의 현실과 동떨어진 어떤 관념 가운데 있는 것이 아님을 가리킨다. 그 결과 종래의 구두선이 지금 이곳의 현실적 문제를 참구토록 하는 전환의 계기가 된 것이다. 여기서 이우근이 작품화한 「조고각하」를 실제로 읽어보자.

산문은 가볍게 통과했지만
나의 경계가 아득하다
댓돌에 놓인 나의 흔적이 부질없다
뻔한 과오를 되풀이하며 다시 죄 짓는 것을
습관처럼 반복하는 몰염치는
세상을 살며 취사선택한 학습의 효과일까
…………(중 략)…………
근본을 위함이
이리 근본없음이 너무도 명확함으로
마루에 앉아
새벽달과 기운다.

　　　　　　　　　　　　　－「조고각하」의 부분

　지금 이 시의 화자는 절의 뒷마루에 앉아 있다. 먼 산을 본다. 이내 먼 데를 보던 시선을 거두고 자신의 발밑, 곧 근본을 생각한다. 자기 육신의 근본인 식구를, 어머니와 기타 혈육을 떠올리는 것이다. 그러다 댓돌에 벗어놓은 신발을 본다. '조고각하'를 행하는 셈이다. 신발 거기엔 자신의 먼 지나온 길과 그간의 갖가지 사연/흔적이 담겨 있다.

　화자는 그 길과 사연이 죄다 부질없었음을 깨닫는다. 자신은 뻔한 과오를 저지르며 습관처럼 죄를 지어온 탓이다. 뿐 만인가. 근본을 위해 보고자 하지만 위할 근본

155

이 없다는 사실에도 생각이 미친다. 그 번민 탓에 아마도 화자는 툇마루에 새벽달이 이울도록 앉아 있는 것이리라.

이렇게 읽다 보면 이우근에게 있어 과연 발밑을 조심하고 살핀다는 게 무엇일까 하는 물음이 온다. 그는 현실이 엄혹할수록 "찰떡" 같이 살고자 했다. 앞서 살핀 바 대로 이는 현실에 찌들수록 그에 맞대응하기 위한 절박한 다짐이고 자세였다.

그런데 이 같은 삶의 자세가 언젠가부터 달라진다. 바로 엄흥도로 표상되는 의로운 삶의 품새나 불의에 맞선 조선조 선비들의 기개 있는 자세들로 바뀐 것이다.

예컨대 「약용전서」나 「장릉에서」 와 같은 일련의 작품에서 확인되는 삶의 자세가 그것이다. 곧 "이 땅에서 죽음을 마다하지 않았으니/애초에 거부하고 불의에 맞서거나" 어린 단종의 주검을 수습하며 "작은 역사를 세우는 것"이란 언술들이 그렇다.

그러면 역사적 인물을 매개로 제시된 이 같은 자세가 함의하는 바는 무엇일까. 필자는 그 의미를 두 가지 정도로 가늠한다. 하나는 치대는 현실과 맞섰던 젊은 날 절박함이 그만큼 누그러졌다는 것이고, 다른 하나는 그의 나이와 함께 맞닥뜨린 선취(禪趣)에서 비롯한다. 여기서 절박함이 누그러졌다는 것은 세월 탓이기도 하고 그가 서서히 획득한 생활의 안정 때문이기도 할 터이다. 이는 "개떡 같은" 현실 속의 삶이 시간과 함께 그만큼 자리 잡히고 노성해졌음을 뜻한다. 그 결과 사회에서의 자기 자세를 성찰했고 저들 역사적 인물에서 그 답안을 발견한 셈이다.

반면 선취는, 계기야 어떻든, 그가 불교와 만나며 나타나기 시작한 현상이다. 일련의 시편에서 이우근은 사찰 편력과 선적인 화두를 과감하게 보여준다. 그 나름의 연륜과 함께 정신이 기댈 귀의처를 발견한 것이다. 실제로 그의 작품을 읽어보자.

> 물살 같은 손금으로
> 책갈피에 남긴 침 자국
> 먼 바다 물결소리 채집하여
> 소금꽃 피우듯
>
> 사람 사는 거
> 한 글자 한 글자 깨치며
> 먼 길 가듯
>
> 책이 묻는다
> 어찌 살 것인가.
>
> ─「멀고 긴 밤」의 부분

짧고 간결한 이 작품의 시적 주체는 책이고 밤이다. 여느 시의 경우 주체는 흔히 자아이다. 그것도 서정적 자아가 주를 이룬다. 그러나 이 작품은 그 주체가 책이고 밤이다. 말하자면 자아와 사물이 자리바꿈을 한 셈이다. 그리고 자리바꿈을 한 사물들은 자아를 대신해 묻는다. "왜 읽는가" 혹은 "은하수는 어디로 흐르는가" "어찌 살 것인가" 등등의 물음이 그것이다. 아마도 "은하수는……" "왜 읽는가"는 바로 사물의 본질을 묻는 것일 터이다. 마치 달마가 서쪽에서 온 까닭은 무엇인가란 화두처럼 말이다.

아무튼 마지막으로 책은 어찌 살 것인가를 묻는다. 말이 쉽지 세계의 본질이나 삶의 방식을 묻는 일—그렇다, 이 큰 물음 탓에 누군들 "멀고 긴 밤"을 겪지 않을 것인가.

그런데 선불교는 세계의 본질과 삶의 방식을 일상에서 살피고 깨닫도록 가르친다. 이들 본질은 어디 별처(別處)의 관념 속에 있는 게 아니기 때문이다. 바로 일상 가운데 있다고 한다. 밥하고 물 긷는데, 혹은 나무하는 그 중에 있을 마련인 것이다.

이는 일찍이 육조 혜능이 그 본보기를 보여준 바 있는 것. 이미 앞에서 살핀 조고각하란 말 그대로 '지금 이곳' 일상 속에서 세계든 삶이든 성찰하고 깨달아야 할 일인

것이다.

이우근은 이 같은 선리(禪理)와 만나 일상의 뭇 일과 사물을 웅숭깊게 성찰한다. 아울러 그의 시 겉문맥에도 불교적 이미지나 화두가 심심찮게 출몰한다. 사찰의 편력, 돈수와 점수, "나의 해골을 목탁으로 두드리는" 일 등등. 이는 개떡 같은 현실 속에서 찰떡같이 살고자 했던 데서 이뤄낸 그 나름의 상당한 시적 비약이랄 수 있다. 여기엔 "너무 아파서/별을 삼켰더니/ 조금씩 새벽이 오"는(「내상」) 시적 역정이 내장돼 있다. 그 역정은 흔히 자신의 내면으로, 곧 안으로 떠나는 역정이고 떠돌음이었을 터이다.

삼라만상 모든 것에 불성이 깃들어 있듯 세계의 본질 역시 뭇 사물들 속에 내장돼 있기 마련이다. 삶의 의미 또한 이와 다르지 않다. 일상을 통해 세계와 삶을 성찰하는 일—본질이나 의미가 있을 수 없다는 허무주의가 아닌 한 이 작업은 고뇌와 보람의 시학이 될 터이다. 이 같은 뜻에서도 우리는 이우근의 시적 성취를 지켜보아야 할 일이다.

마치 가출한 탕자가 돌아오듯 이우근 시인은 다시 문학동네로 돌아왔다. 꿈 많던 문청시절을 지나 개떡 같은 현실 속에서 떠돌기 수십 년, 그리고 다시 선리에 취한 시편들을 들고 나타난 것이다. 그로서는 뒤늦은 출발을 그렇게 시작한 셈이다. 이번 시집 상자를 축하하는 뜻은 여기에도 있다.